世界汉学家看中国

（法）索尼娅·布雷斯勒 著
付众 译

福建陶艺师

中法双语

Le Potier du Fujian

海峡出版发行集团 | 福建人民出版社
THE STRAITS PUBLISHING & DISTRIBUTING GROUP | FUJIAN PEOPLE'S PUBLISHING HOUSE

索尼娅 · 布雷斯勒

法国作家、汉学家、出版家。

哲学与认识论博士。获麻省理工学院（MIT）两个人工智能专业证书。

致力于数据哲学等跨学科研究，涉及传播学、语言学、汉学、数据分析、艺术和地缘政治，关注中国与世界其他地区的关系。

2017 年创立丝绸之路出版社，出版来自世界各地的研究者、艺术家和诗人的作品。

2017 年起担任由玛丽 · 居里等人于 1920 年创立的法国大学女性协会（AFFDU）主席，维护女性受教育权利。

2024 年荣获国家新闻出版署颁发的“第十七届中华图书特殊贡献奖”。

著有《发现西藏》《深入西藏之旅》《新疆——丝绸之路上一千零一个奇观》等。

À tous ceux qui rêvent encore

敬所有仍然怀抱梦想的人

目　录

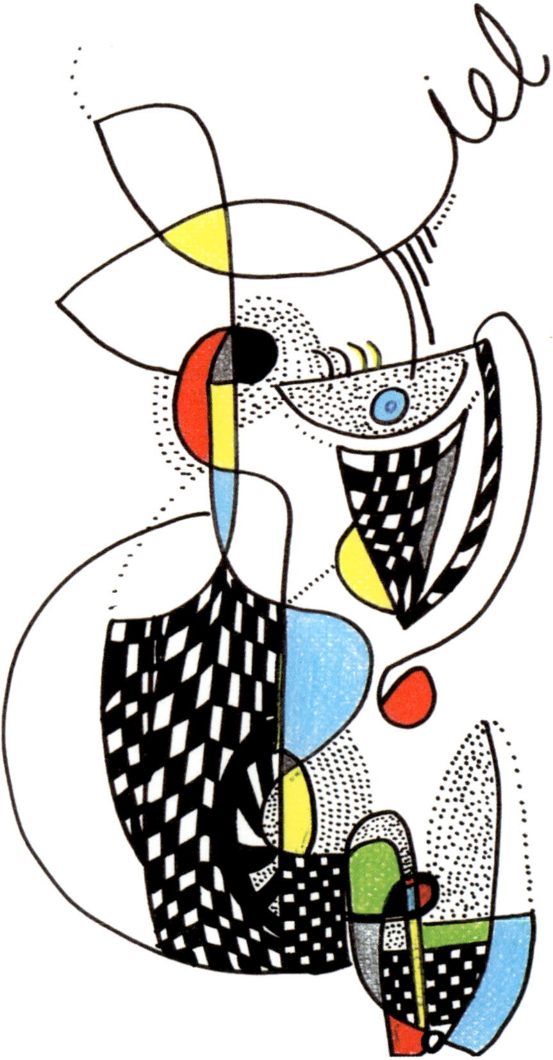

这个故事该从哪儿说起呢？是从那早已干涸、被岁月的尘埃深深掩埋的泪水说起吗？是从那被遗忘的往昔说起吗？还是从那些清晨里你轻抚我脸庞的感觉说起呢？那种感觉就像是对未来幸福日子无数崭新的承诺。

二十年过去了，我的心破碎不堪，一直都没能愈合，还在滴血。无论在哪里，我的心都在寻觅你亲吻和抚摸的那种温柔感觉。曾经，我们有着不顾一切的狂热激情，那股激情本可以带着我们逃到世界的尽头。然而，你却做了不同的选择。在某个清晨，也许是在火炉旁，又或许是在火车车厢里，你做出那个不同的决定。那一刻，我的心跳仿佛停止了。从那以后，我的生活像是慢了下来，可又好像变得更快了，快到最后，又回归一种缓慢的节奏。

我知道自己终会倒下，我一直都知道，也一直在等待这一刻的到来。但如果要倒下，我希望是在一个很特别的地方，一个意想不到的地方。那里的悬崖高耸入云，植被仿佛在诉说着岁月的神奇，空气清新得无与伦比。生活中的偶然，或者说是一连串的意外经历，最终把我带到了这样一个地方。那是一个极其适合坠落的地方，坠落得无比温柔又无比激烈。这个地方我以前从未涉足，因为我的无知。就像我一直和你说的，我是个高学历的无知者。你曾经愤怒地把报纸扔向我，说这样讲是一种耻辱，你质问我："为什么一边不停地工作，一边还要完成论文，最后却说出这种蠢话？"然后你又回到钢琴前，用你弹奏的曲子再次打动我的心。

和你不一样，我一直都明白，文凭并不能塑造一个人的心灵。我一直在和那些心灵已经麻木的西方学者做斗争，却没意识到你也是他们中的一员，那些需要打压别人才能生存的人。我怎么就这么傻呢？也许是你在钢琴上灵动的指尖，是客厅里那洒满阳光的温馨氛围，还有那首轻柔的肖邦曲子迷惑了我吧。不过，我始终知道，人真正需要的是一颗有温度的心。

在这个六月离开巴黎是一种必然，对我来说，这是生命的一种迫切需求，只是当时我还没意识到。这么多年来，我一直在忙碌，没有停歇过。工作、运动、散步、冥想，试图忘记过去，不断尝试，不再去爱，到最后连尝试都放弃了。我彩绘、素描、阅读、校对，有时跳舞、欢笑，还总是参加示威活动。我等待着即将到来的反抗，跟随并拍摄动乱、战争，捍卫妇女和儿童那一点点的权利，寻找睡眠的机会，教书育人，让别人写下自己的心声，说出自己的真心话（希望这些话不是一时的冲动），捍卫思想，聆听世界的喧嚣与寂静。

是时候了。这么多年来一直没能再去中国，在这个过程中我有过迷失，也有过自我的找寻。中国，那是一个充满问题与答案的国度，是唯一一个把空虚视为充实、把充实视为空虚的国家。我爱中国，爱它的丰富多彩，爱它众多的人口，爱它的各种表现，爱它的快节奏，也爱它的慢生活，爱它独特的味道，爱它迷人的香气……多么奇妙的一个国家啊，在这里坠落也是一种美好。

每次来中国，第一个迎接我的城市总是北京。我很喜欢这座城市，一直在不停地探索它的各个角落，探寻公园里隐藏的角落，在山中漫步而迷失自己。这个六月很特别。我拒绝了很多奖项和荣誉，但最后接受了两个奖项。一个是三月份在法国获得的，是第六区市长颁发的荣誉勋章，表彰我为居里夫人1920年创立的非政府组织所做的不懈努力；另一个是六月份在中国获得的“中华图书特殊贡献奖”。你要是知道的话，肯定会惊讶，我拒绝了那么多奖项和荣誉，却喜欢坐在咖啡馆或者徘徊在集市里，在孟买的街头巷尾分享一盘小扁豆，甚至在科索沃的街头聆听游荡的战争亡魂的声音。有时候，你只需要朋友的一句话，就像我的那位朋友，她告诉我是时候去做些别的事情了。她就像个神奇的巫师，她的话一直在我脑海里回荡：“我敢肯定你都不知道自己为什么会得这个奖。”确实，我到现在还不知道。不过这也不重要了。她敏锐地洞察我，她知道那些镁光灯，那些协议，那些红毯、嘉宾、明星，以及所有这些喧嚣，对我来说都是一种负担。

闽行随思

我不得不离开北京，和一些获奖者一同前往福建。在机场等待的时候，我静静地坐在角落，观察着人来人往，感觉生活仿佛是一场短暂而瞬息万变的游戏。

这次旅行，我决定不提前了解福建的任何信息，以保持自己的好奇心和新鲜感。我将暂时放下心理与哲学的书籍，放松大脑，不去想世界的喧嚣，尽管我知道团队的行程会有所限制。

在飞机上，旁边一位旅客滔滔不绝，他认为只有维京人才拥有真正的历史，我觉得很有趣，便自称是“东方的维京人”。尽管他的话语如潮水般涌来，几乎将我淹没，但飞机起飞后的轰鸣声逐渐盖过了所有声音。我转而望向窗外，看着云层和山脉，心中充满了期待。

在中国，距离总是给人一种既近又远的感觉。这是我第一次看到中国海，童年的梦想仿佛

NO STEP

就挂在我肩膀的相机上，触手可及。随着飞机即将降落，我不禁遐想，能不能用“从前”来开启一个新的故事或一本新书呢？我在笔记本上写下“从前”两个字，但又想，在我们这个时代，这句话还有意义吗？我们是否还能拥有梦想呢？

福建，这片土地仿佛介于神话与现实之间，大自然似乎藏着无数秘密，只向那些懂得倾听的人低语。这里云雾缭绕，重峦叠嶂，松树挺拔如孤独的哨兵，纤细的身影隐入云端。梯田层层叠叠，宛如龙鳞，在阳光下熠熠生辉，见证着人与自然和谐共生的智慧。

土坯房点缀在山谷之间，传统在这里似乎是不变的，代代相传，就像葡萄藤紧紧匍匐在陡峭的山坡上。福建的河流也蜿蜒曲折，如同银色的丝带穿过深邃的森林，风中似乎还回荡着古老传说的余音。人们说这些水流中居住着护卫众生的神灵，他们是天界的使者。

在这里，老子的故事和李白的诗歌不仅仅是书本上的文字，它们融入溪流、苔藓覆盖的石头和鸟儿的歌声中。有时，我会想象自己正在阅读

老子的原话："道常无为而无不为……万物将自化。"这些话语究竟意味着什么？是老子在对我的心灵低语吗？这些字句仿佛与微风共鸣。微风轻拂着梯田，在远离尘世的冥想中，老子的低语让我领悟到，真正的力量在于耐心与持久。

早晨，我凝望云朵环绕在群山之巅，不禁想起我笔记本里的中国著名诗人描绘福建色彩与香气的诗句。我仿佛看到李白就在我面前，他告诉我只有自发性才是创造的源泉。我递给他一杯茶，他微笑着，用衣袖轻轻拂过眼前的风景，说："山高水长云间舞，魂荡九霄任遨游。"他放下茶杯，轻踏祥云而起，渐渐消失在我的视线中，只留下那杯犹自冒着热气的茶，告诉我李白曾经来过。一瞬间即永恒？这究竟意味着什么呢？

我闭上眼睛，试图驱散那些关于云朵和风景的神秘感。"玄妙本自无，何须探其因。"其声随云消散……李白似乎在远处的云朵上对我说。福建的风景中，无尽的山脉和流淌的河流激发了我的沉思，让我重新找回精神上的自由。

我笔记本上的李白

作为受邀嘉宾，免不了参加一些礼仪性的活动和正式晚宴，这是我人生中第一次愿意接受这样的考验。宴会上，我的思绪时常飘散，忘记了礼貌，手不自觉地伸向笔记本或口袋里的笔，这是我寻找安心的方式。我有时会想象李白正在云端遨游，老子又用他那深邃的哲学思想触动我的心灵。我时不时打开笔记本，仿佛能看到他们正沿着河流漫步，讨论着关于存在的本质或爱的困扰。他们的声音时常在我脑海中回荡，一遍又一遍地告诉我："听我们说，我们是更好的向导！"我很清楚这一点，但不能总是分心去听他们的声音。

我隐约听到他们的旋律、笑声、催促和建议："向右转，走到那块石头前，坐下，冥想，深呼吸。"这些温和的提示让我开始观察墙壁的细节，与石头上的苔藓对话，轻抚树木，聆听村里人玩牌的欢声笑语。

有时，我会在笔记本的空白页上写下对汤的味道的感受。这里有句俗语："一汤十变。"正当我向这两位朋友描述我刚刚发现的第一碗汤

时，新出现的一个声音打断了我们之间宁静的交流。我打开笔记本想要了解更多，却看到右侧页面上出现了一幅漂亮的书法——“佛跳墙”，字面意思为“佛陀跳过墙”。这两位朋友也凑过来看，试图解读这些汉字。这让我感到有些尴尬，不敢合上笔记本。我不想压扁他们。他们两人笑了笑，说：“去尝尝这汤吧。”

品尝之后，我惊喜交加，各种味道相互碰撞，让我的味蕾感到困惑，诗歌的灵感也随之飘散。为了这样的汤，需要准备多达三十种食材，并花费一到两天的时间。真是耐心与平衡的杰作！食材根据食谱而变化，但通常包括鹌鹑蛋、鲍鱼、干贝、海参、鲨鱼翅（现在已禁止使用）、蹄筋、鸡肉、鸭肉、烟熏火腿、蘑菇和竹笋等。“这道美味你真得尝尝。不过得提醒你，这道美食曾经是含有鱼翅的。但别担心，现在可不会用这个了，毕竟鱼翅现在被禁止使用……”李白和老子似乎在这个话题上达成一致，他们似乎在戏弄我的想法。老子似乎占了上风，他说：“让她冷静下来，你看，她现在被你的鱼翅震惊了，还是让味蕾去体验这道菜的魔力吧。”但那新来的声音又是谁呢？“这就是‘道’的声音啊！”最后，还是老子开口了，“毫无疑问。”他显得有些不耐烦地补充道。事情如此清晰了，我为自己的天真向他道歉。李白和老子爆发出笑声，一致同意翻开新的一页，说：“这是真的，我们倾向于忘记，而你出生在西方，但这是不可能的，你的灵魂是中国的，我们都知道。”

今晚，在房间的宽敞空间中，我轻轻地合上了笔记本，将它放在床头柜上，心想，明天我的两位朋友是否还会在那里？或许吧，现在是时候放下心头的杂念，进入梦乡。一切随缘吧！

光是我的向导，五点刚过我就醒了。我望向放置在床头的笔记本，它静静地躺在那里。做了一些伸展运动后，我走出房间，享受清晨的宁静和即将到来的阳光。福州有很多公园和湖泊，这里的早晨别有一番韵味，天空与水中的倒影交相辉映。我沿着湖边的小径悠然前行，绕过一道栅栏，来到一座宝塔前。我深吸一口气，与周围的莲花进行了某种无声的交流。在湖边，我模仿着

舞蹈和太极的动作，感受着身心的和谐与统一。大树的枝叶在晨风中轻轻摇曳，藤蔓与花朵交织出一幅幅绚丽的画面，让我陶醉其中。这是六月潮湿天气到来之前的一个温柔清晨，万物都在这份宁静与温暖中苏醒，仿佛都感到惊奇与喜悦。

太阳如同温柔的抚摸者，将金色的光芒洒向大地，也洒进我的笔记本里。我像往常一样，并没有刻意计算自己走了多远，只知道我会校准于应该出现的时间里。新的旋律响起，我的脚步自然而然地引导着我从一个发现走向另一个发现。

在这个时刻，湖边的一切看起来都那么平和。老子的教导再次回到我的思绪中，他轻声告诉我："知人者智，自知者明。"在专注冥想的时候，我仿佛听到了莲花绽放的声音。雨悄然而至，它带来了我喜欢的旋律，仿佛预示着新的舞蹈即将开始。我感觉到，在这里，困扰我已久的思绪会最终消散。它们在云层中逐渐散去，最终变得无声无息。

离开福州时，我轻轻合上笔记本，将它放入外套口袋，向湖泊道别。随后，大巴载着我们驶向连绵的山脉。太阳仿佛在与我们玩捉迷藏，而雨滴不时地敲打在车窗上，让团队成员们有些不悦，他们原本期待在福建的阳光下欣赏那些如龙鳞般闪耀的瓦片之美。透过车窗上的雾气，我望向外面五彩斑斓的世界。

福建是一片将有形与无形巧妙融合的土地。在土路上的每一步都可能带你走向一个难以捉摸的真理，或者让你仿佛置身于一个梦想与现实和平共存、从未相互冲突的维度。在现实之间穿梭，李白低声为我吟诵一首宋代的诗词："人生如梦，一樽还酹江月。"

福建这片土地邀请着人们进行内省和沉思，每棵树、每条河、每处风景，都变成一个神话继续延展的空间。

南平之旅

南平，这颗镶嵌在福建腹地的璀璨明珠，自然之美与历史的回声在这里相遇。清晨时分，闽江上空雾气缭绕，仿佛将群山笼罩在一层神秘而迷人的轻纱中；青山环绕，竹子在微风中轻轻摇曳，野花点缀在蜿蜒小路的两旁，绽放出斑斓的色彩；庙宇静静地矗立在这片土地上，数百年来见证着信仰与祈祷的传承。这样的景致，如同一幅精美的版画。

漫步在古城的小巷，仿佛有来自远古的商贾步履声在耳边回响，每一面斑驳的墙壁都像是历史的见证者，静静地诉说着往昔的繁华与沧桑，那是岁月精心雕琢并保存下来的生命片段。在这里，我仿佛能听到历代先贤的呢喃，每一块石头都似乎蕴含着灵魂，雨滴轻轻地落在石头上，构成一段新的旋律，让我想起莫扎特的奏鸣曲，那悠扬的曲调在我脑海中回荡。在我的笔记本中，李白激动起来，我在无人的角落里将笔记本微微打开，他对我说道：“难道你没有记住这首诗吗？”

前门江水流，西老别故乡。
故乡何处是？寂寞落叶行。
前门西楼唱，里里听琵琶。
自知佳人能，声声诉离别。
千年高楼上，月鸟渡桥东。
谁怜游子意，一夜青楼梦。

这些诗句如同南平的晨雾在空中飘荡，编织着过去与现在之间看不见的联系，融合了诗人的情感与现实的景致。然而，生活的日常又将我拉回现实，就像那集市上令人陶醉的香气——那是香料、茶叶以及新鲜水果交织而成的独特味道。

南平的居民用他们淳朴真挚的好客之情，展现着这片土地的温暖与质朴。他们让每一位游客都成为特别的见证者，去体验和珍视每一刻的美好，享受悠然生活节奏的独特方式。

福建将有形与无形巧妙融合，踏在泥土小径上的每一步都可能引领你触及那些引人探寻的真理。现代世界的喧嚣与浮躁在这里悄然消散，取

福

而代之的是梦境与现实和谐共存的境界。

这是一个让人内省和沉思的地方，由陶艺师、茶农以及每一位愿意停下脚步、静心聆听的灵魂共同守护，以延续古老的神话与传说。目睹塑造陶土的双手和岁月刻画的脸庞后，我深深地感受到脆弱但坚韧的连续性。这些人们与他们的根、自然元素紧密相连。陶艺师、书法家、茶农……每个人都承载着福建的一部分，通过他们的技艺和行动，整个福建的历史得以继续鲜活、传承。

武夷山之夜

夜幕降临，我们离开建阳前往武夷山。雨水顺着车窗滑落，留下一道道水痕，雾气弥漫，周围的一切都变得神秘起来。一路上，难以形容的感觉涌上心头，仿佛每一滴雨都在带我们走向未知的远方。这一刻该记住些什么？是那几乎让我们失去时间感的夜雾吗？是炖了好几个小时的鸭肉香味唤起的家的温暖吗？是鼓点中的舞蹈在明亮灯光下将夜晚变成一场光影交响曲的诗意吗？

南平似乎既揭示又隐藏着秘密，石头堆砌而成的蜿蜒小巷使这座城市宛如一个错综复杂的迷宫，保存着过去的记忆，应和着历史的回声，抵御着时间的侵蚀。

在那个夜晚，我不断在梦境中徘徊，耳边不时传来微弱的低语，以及老子与李白那遥远的、缥缈的对话，他们的声音仿佛来自另一个世界，彼此探讨着我们生命的短暂和意义。我在想，是

应该在笔记本上记录下这些确定的思考，还是让它们像在雾中若隐若现的山峰一样，自然地在心中形成？没有人能完全理解作家的内心世界。他们静静地、如同梦境一般在人类历史的长河中前行，像游荡的影子，是我们这个分裂的社会敏感而脆弱的见证者。在他们表达自己的笔记本中，可能隐藏着秘密的补救措施，它们能够治愈世界的伤痛、裂缝和撕裂，那是其他人不敢直视的问题。

这个早晨是独一无二的。它拥有由雾气构成的神秘旋律。雨中树叶的沙沙声宛如一首古老的摇篮曲，而乌鸦的叫声则如同原始的咒语，惊叹着转变成短暂的交响乐，成为在地平线上消失的流星。我融入这风景，全身心地投入，直到完全迷失。在武夷山的景色中雨中漫步是一种深刻的体验，是一次深入自我的深渊探索。每一缕香气都如同魔法，揭开自然的神秘，而每一棵树则像是一本厚重的史书，默默记载着岁月的沧桑与秘密。被苔藓覆盖的巨大岩石不仅庇护着沉睡的梦想，还凝固了时光，我喜欢抚摸它们，我用手指轻触世纪留下的痕迹，沉浸在与古老无声的对话中。当我置身于那些静谧的洞穴之中，四周弥漫的魔力仿佛触手可及，我仿佛能听见往昔的回声在洞穴的每一个角落轻轻荡漾，经久不息。

我们的队伍把注意力倾注在武夷山的哲学学派上，这里不仅是武夷山的文化象征，也是中华传统文化和儒学思想的重要传承地。我应当记笔记，毕竟我是一个哲学家。但是有什么用呢？风穿过松树，似乎在低语：真正的哲学并不在教室中，也不在那些泛黄的古老手稿的页面上。

我仿佛感觉到老子在我笔记本中的云端之上微笑，他向我示意，引领我的目光落向笔记本上那空白的一页，并提醒我："真正的道并不是在羊皮纸上描绘出来的，而是隐藏在这沉默的山脉的蜿蜒之中，体现在这自由流动的水穿越岩石的奔腾之间。哲学，蕴含在每一片随风而去的叶子中，也潜藏在每一缕悄无声息散去的雾气中。"李白，我总是幻想着他于水面的倒影中突然出现，然后放声大笑："最美的真理如同那些山峦，无法被占有，只能亲身体验，用心去感

我笔记本上的老子

受。”聆听他们的话语，我渐渐领悟到，智慧其实就像我们在林间小路上散步时听到的脚步声，那种轻轻细细的沙沙声。它告诉我们，在广阔无边的世界里，我们其实是很小很小的，应该保持谦卑。

世界上有各种各样的想法和教导，它们都是人们想要抓住生命里那种说不出来的美好感觉的努力。但你知道吗？真正的理解，其实就像天上的云自由自在地飘，雨滴轻轻地打在石头上，还有风轻轻地吹过，唱着它的歌。这些都很自然地发生，悄悄地让我们心里的那些固定想法变得不那么确定。

我虽然研究哲学，但更确切地说，我首先是一个热爱在美丽景色中行走的旅行者。对我而言，那些连绵的山脉和广袤的森林才是我真正的导师。它们让我看到每一个瞬间的变化莫测和那份独特的美，教会我静下心来深入思考，而不是一味地用固定的思维去分析。当我们面对这些古老的自然景观时，要学会保持一颗谦卑的心。老子和李白，他们虽然没有真实地陪在我身边，但

他们的智慧和思想就像我的指路明灯，引领我走一条不需要刻意记录，却能够用心去感受、去体验，从而在内心深处引起强烈共鸣的道路。

突然间，我想暂时离开大家，自己一个人静静地待会儿，好让我能更专心地去体会那些古老的道理。于是我就停下了脚步，面对着河流，开始在心里和它交流起来。远离了那些嘈杂的声音，我需要这样一个安静的环境来仔细听听河水流动的声音，好好看看那些一直在这里守护着的石头。这些石头被时间一点点地打磨着，但依然坚硬如初，好像永远都不会被改变。这一刻，我感觉时间似乎静止了，我像是偷走了这一刻的永恒，从不停流逝的时间里留住了这一点点美好。

塑造命运

我坐在河岸边，抬头望着那广阔无边的天空，感觉它就像李白还没写完的诗一样，充满了无限的可能。就在这时，我惊喜地发现了月亮，它就像藏在云后面的一盏温柔的灯笼，模模糊糊的，但又给人一种很安心的感觉。月亮那柔和的光和傍晚的雾气混在一起，让整个景色都变得神秘又平静。

这美好的瞬间，我并不孤单——诗人赵丽宏的身影出现在河边。他步伐轻盈，呼吸平稳，就像一首优美的十四行诗，每一个呼吸都和我的思绪合着拍子。他虽然没有说话，但他的存在好像是在邀请我一起享受这一刻的美好，什么都不用说，什么都不用做，只是静静地待着，听着河流的细语，见证月亮的承诺，还有周围山峦那隐隐约约的回响。

赵丽宏默默地陪在我身边，我们被大自然的

声音所包围。河水在鹅卵石上缓缓地流过，发出悦耳的低鸣声，像在福建那永恒的丘陵中开了一场无声的音乐会。武夷山在远处耸立，巍峨的山峰就像是古代神灵雕刻出的杰作，在云层中若隐若现。这些山上长满了茂密的植被，仿若守护着这片土地的古老秘密的翡翠堡垒。河流在山岩之间弯弯曲曲地流淌着，好像一条银色的带子缠绕在陡峭的悬崖上。我一直梦想着能在它的水面上航行，坐着那些竹筏随波逐流，好好欣赏一下这神话般的景色。但是这几天的雨下得太大了，河水漫出了河岸，变得又急又猛。洪水让乘船游览变得不可能了，那些竹筏都被系在岸边，就像是折了翅膀的鸟儿一样，只能等着天气好转了。

我们慢慢地往前走，脚下的土地湿漉漉的。雨渐渐变得轻柔，化作毛毛雨，到处都能看到下过雨的痕迹。树叶被雨水打得沉甸甸的，小路变得泥泞不堪，空气里弥漫着浓重的湿气。我感觉我们在这片茶园旁边的小路上每走一步，就离那种很亲近但又难以捉摸的真理更近一点。武夷山静静地矗立在那里，带着一种沉默的威严，仿佛在默默关注着我们的一举一动和思考的问题。它一直待在那儿，永恒不变，即使人们迷失在自己的吵闹与忙碌中，它的雄伟壮丽也会让我们的步伐变得庄重起来，提醒我们知道，与大自然永恒的美丽相比，我们的烦恼和忧虑显得如此渺小。

就在这个时候，我看到一位陶艺师坐在石头上，他的双手沾满了泥土，手指好像沉浸在一个似梦非梦、似真似幻的世界里。他看过来的眼神里既有好奇，又带着忧伤，仿佛他是一个已经见识过很多东西的人，可还是希望能看到一些新鲜玩意儿。这位陶艺师就像从泥土和火焰里诞生的神话人物一样，犹如老子说过的那些古老的仙人，那些充满智慧的人，哪怕是用尘埃，他们也愿意去塑造美好的东西。

我瞧见赵丽宏此刻的眼神，特别深沉，特别专注，他那双深色的眼睛好像能看透很深很深的地方，是我们用语言说不清楚的深度。我们当下的这种交流，已经超出普通说话的范畴，是我们自己都没法完全搞明白的一种交流方式。赵丽宏没开口说话，但他的眼神却在传递着信息——好奇、

尊重，还有他那种特有的像梦一样的光彩。

他轻轻地蹲在陶艺师旁边，开始仔细研究泥土的纹路和陶器上那些精细的花纹。他的眼睛就像扫描仪一样，把每一个小细节都扫了一遍。我看他身上那种温柔的好奇劲儿，好像特别想把世界上的谜团都给解开。接着，他拿出了那个总是随身带着的笔记本，里面写满了诗、零碎的想法，还有一些随手画的画。他开始在空白的纸上慢慢描线，想把脚下这些东西的形状、曲线，还有那些符号，都画下来。这些特别细小的地方，可能也就陶艺师自己能懂。

他时不时地抬头瞅瞅陶艺师，想得到无声的认可。他俩的眼神就这样交织在一起，像是在用一种由尊重和传承组成的、不用说话就能懂的对话交流着。

陶艺师微微地点了点头，嘴角上扬，露出一抹很难察觉的微笑。他的眼神里充满了感激，好像他能感觉到赵丽宏的画里正在慢慢形成的理解。他很温柔地伸出了手，用指尖轻轻地碰了碰那些素描，然后在空中比画了几下，动作很轻，

几乎看不出来。他这样做，就好像是在给赵丽宏的画做修正、完善，或者是引导他的创作。

赵丽宏特别认真地看着陶艺师的动作，最后他抬起头，把笔记本递给了我。我看到笔记本上画满了各种线条，交叉在一起。“你看，”他轻声说，“我理解到的他的意思都画在这上面了，但还有些别的，一些图画表达不出来的东西，我们得一起琢磨琢磨。”

仿佛是为了回应我们的疑问，陶艺师挺直了身体，他的眼睛闪烁着神秘的光芒。他向我们挥手，示意我们靠近他。“来，来看看，”他用低沉却能传得很远的声音直接说道。赵丽宏和我交换了一下眼神，然后，通过一个无声的手势，他邀请我走近这位老人。我立刻被他脚边摆放的艺术品所吸引，它们整齐地排列在一块粗糙的布上，有碗、茶杯、罐子，都是他那双巧手和福建的泥土结合的杰作，带着温暖的感觉和晨曦的赭色，对灵魂来说是一种慰藉。每件作品都带着创造者微妙的痕迹：一组不对称的线条，一个故意不完美的曲线，一道光荣的裂缝，赋予了它们生命。

“你到底是谁？”我被他身上那种既陌生又强烈的气质震住了，忍不住问了一句。

他笑着回答说：“我是建盏，福建的一名陶艺师。”

“那你又是谁呢？”他反过来问我，“是位在世界各地漂泊、追寻美好事物的旅人吗？还是说，你也跟我一样，在找寻着自己想要塑造的东西？”

他这几句话让我心里直打战。我常常问自己，跑到这么远的山丘上来，到底是在找些什么。也许，我是在寻找那种在大城市里被喧嚣和混乱遮住的真理；也许，我是希望在这些风景里找到一种已经被遗忘的、确定不变的宁静。

我们聊了很久很久。陶艺师跟我讲了他的生活，就是整天跟湿泥巴打交道，跟木窑里的火焰过日子。这些是他从他父亲那儿学来的手艺，他父亲的手艺又是从老祖宗那儿传下来的，他们家世世代代都是陶艺师，不仅做了很多陶器，还塑造了一种特别的生活方式。这些活儿不仅仅是技术活，更是一种哲学，一种追求本质、超越时间的方法。

当陶艺师谈到世界的现状时，声音变得有些沉重。他向我吐露了对于那些传到他所在偏远乡村的新闻——战争、破坏、深刻分裂的故事——的悲伤。“人们似乎已经忘记了简单事物的美丽，忘记了那些需要用时间来打磨的东西的价值。”他深爱着自己的艺术，那些代代相传的艺术，他对有一天所有这些可能会被遗忘而深感担心。尽管他的手如此灵巧，但在他描绘这个不确定的未来时，却轻微地颤抖着。

他一直在寻找机会，想让更多人了解他的艺术，不是为了荣耀或金钱，他从未追求过这些，而是想唤起人们对美好事物的记忆，那种存在于缓慢、耐心、凝视艺术中的美好。

他感叹说：“现在一切都太快了。”他深情地看着这片土地，低声说道，“我的艺术就是在抵抗这种快速变化，庆祝那些持久的东西。等待泥土成熟，等待窑炉达到合适的温度……这些都在教我们珍惜每一个瞬间。”

他说的话在我耳边回荡了很久。从他的作品中，我看到了每一代陶艺师在这片土地上留下的痕迹，感受到了他们默默奉献的精神。我意识到，陶艺师创造的不只是艺术，更是一种生活方式的邀请，让我们去感受、去沉思，重新赋予生活意义。

我拿起笔记本开始记录，我们三个都沉浸在手势和图画的交流中。赵丽宏画得特别专注，像是在冥想，而我也在努力回应他。我们的笔记本成了沟通的桥梁，不用说话就能交流。陶艺师看着我们画，眼里充满了好奇和善意。有时他会抬头看看我们，用眼神鼓励我们画得更好，去领悟那些他只能用泥土和火焰表达的东西。

我们的笔记本连接着彼此的思想，让它们相遇、接触、交融。赵丽宏的每一笔都充满深意，而我的线条也在福建湿润的空气中舞动，和风声、茶园的沙沙声融为一体。也许我们以某种神秘的方式，接近了陶艺师想要传达给我们的东西——一种超越言语的真理，在艺术、物质和这些页面上生根发芽。

陶艺师的作品不仅仅是物品，它们是灵魂的碎片，是定格在泥土中的故事，承载着人类的

记忆。这些作品只有那些愿意花时间观察、绘画和梦想的人才能真正理解。我们笔记本上的每一笔都是这次相遇的见证，这些页面不再是简单的纸，而是活生生的纽带。

我们共同度过了一个特别的时刻，从此笔记本成了我们继续交流的媒介。我们之间仿佛有一条无形的线，把我们和更广阔、更亲密的东西联系在一起，这是艺术的力量。陶艺师、赵丽宏和我，我们不仅仅是路上的陌生人，我们通过这次沉默的对话，共同捕捉到了那份美丽，超越了语言的界限。

那一刻，我们触及了某种神圣的东西，那是人类追求美、连接与和平的坚持。陶艺师平静而睿智的眼神中，似乎映射着我内心燃起的火花。也许他看出了我理解和创造的渴望，希望能在我的混乱世界里和他耐心塑造的山脉与土地之间架起一座桥梁。通过动作和眼神，我们创造了一些超越瞬间的东西——一种脆弱的永恒，超越了地理和文化的界限。

陶艺师把最纯净的爱投入每一件作品中，不

求回报，也不求认可。他的双手被岁月和泥土磨砺，每一个碗、每一个罐子都充满了他的温柔和心意。这份爱不是激情澎湃的，而是体现在每一个小细节、每一次接受不完美、每一条柔和的曲线上。他用无限的善意塑造泥土，把每一捧泥土都变成了自己灵魂的碎片。对他来说，坚持是一种奉献，一种对生命的虔诚。

每一件陶器都像是一首无声的诗，一封写给世界的情书。我继续观察他工作，被每一个细节、每一条曲线所吸引。但我知道我们必须回去了，赵丽宏庄重地合上笔记本，像是一种仪式。他温柔地告诉我，是时候结束了。但我的脚却像被钉在地上一样，舍不得离开。

真正的艺术是无法用价格衡量的。它是一种无声的奉献，是爱在每一个细节中的体现。这份爱赋予泥土生命，在福建柔和的光线下绽放。它存在于轻抚泥土的双手中，存在于慢慢旋转的陶器中，像是在向永恒祈祷。

我被这份美震撼得动弹不得，沉浸在我们刚刚经历的神秘中。突然，细雨变得更大，唤醒了周围的世界。赵丽宏和我踏上了归途，脚步在湿润的土地上回响。河边的雾气越来越浓，陶艺师的工作室渐渐消失在我们的视线中，像是一个梦。我们是在做梦吗？这是光和雾编织的幻觉，还是另一个时代的真相在向我们显现？赵丽宏似乎看懂了我的心思，微笑着低声说："美有时如此脆弱，似乎只存在于那些凝视它的人的记忆里。"

我们喝着茶，感受着茶的味道变化。我注视着从茶壶中冒出的蒸汽，它仿佛升向了永恒。茶就像陶艺师的艺术，带着故事的痕迹，传递着一种短暂而无声的美。我努力记住和陶艺师共度的这个永恒时刻。

他的艺术是一种秘密的传承，一个在泥土中塑造的梦想，像一束照亮世界浮华影子的持久之光。陶艺师不追求认可或荣耀，他的创造只是为了分享，为了给予，他本人则如同一位古老真理的无言守护者。福建的光线成为这一行动的烘托，轻柔地抚过他的作品，仿佛带着对未来世代的承诺。在每一件陶器中，他刻下了日常生活的温柔，那种低调的魔力在这简简单单中升华至高潮。

凝视他的作品，我看到了他对传承的梦想，一束微弱却坚不可摧的火焰，抵抗着遗忘。他的动作充满无限的耐心，超越了时代，直达那些愿意倾听的人们的心灵。重要的并不仅仅是物体的美丽，而是塑造它们的光芒，那在武夷山间起舞的光芒。它们在轻声对那些懂得倾听的人低语：爱是所有人类创造真正的催化剂。在归途的小径上，赵丽宏走在我身边，轻声对我说道："总有一天，每件物品都会找到它的守护者。只要有人继续去追梦，创作者的梦想，就将永存。"

离开福建

离开福建，就像是从一个温柔而又历史悠久的怀抱中慢慢抽离，这感觉犹如经历一个未完的梦境，不得不提前醒来。云雾弥漫的山峦仿佛对我依依不舍，一座座翠绿的山坡似乎在轻声细语，许下归来的誓言。雨，这位不离不弃的朋友，奏响了一曲哀愁的乐章，它轻轻抚摸着每一片叶子、每一块石头，好像要把这些景色永远镌刻在我的记忆里。我的心隐隐作痛，一想到要离开这个空气中都弥漫着永恒气息的地方，就感到万般不舍。

当我们踏上蜿蜒曲折的道路、向着城市的机场驶去时，我的精神伴侣们——老子和李白，默默地伴随着我。他们仿佛还在书页间站立，不愿让我在没有他们陪伴的情况下离去。老子坐在云端之上，似乎在用他那永恒的平静提醒我："真正的道路是永远不会迷失的，哪怕我们走得再远。”这句话击溃了我心中的防线，我的泪水如潮水般涌出，仿佛是长久以来积压的情绪终于找到了释放的出口，仿佛连大地都在今天为我哀伤——天空敞开了怀抱，洒下了晶莹的雨滴，每一滴都像是映照着我内心的悲伤。在这里，我领悟到了哲学的真谛，它藏在山峦的低吟、河流的潺潺中，离开它，就像是无声地背叛了这份古老的智慧，与这曾经拥抱我的真理痛苦地分离。

到了机场，我惊讶地发现自己竟然犹豫不决。李白仿佛在问我："为何要回去？为何要回到那个充满喧嚣与纷扰的世界，那个已经失去了梦想与美好的地方？"老子，他总是那么睿智而务实，在我的笔记本上微笑着写道："也许灰烬中仍藏着火星，也许我们需要从尘埃中重新点燃那束失落的光芒。"虽然话语不断，但我内心依然充满疑惑。

我感到一股隐怒，对无法留在这个宁静之地感到愤怒。闭上眼睛，福建那温柔的光芒再次浮现在眼前，陶艺师的手指在泥土中耐心劳作，那姿态中蕴含着无尽的爱。也许，这就是我的使命——从废墟中重新找回爱，从被遗忘的泥土中再次点燃美的火花。在沉默中，我的两位精神导师似乎在商议着什么，他们的身影在书页上轻轻摇曳。李白的嘴角挂着神秘的微笑，提出了他的疑问：“美，究竟是由土地塑造，还是由精神创造？”老子没有直接回答，只是在一张空白页上画了一个圈，然后伴随着笑声消失无踪。而我，独自面对纷扰的世界，手中的笔记本静静地摊开着。

或许，我应该将这份短暂的美好带到喧嚣的城市中心。或许，应该让福建的精神在法国的土地上生根发芽。

命运的征兆

重新回到巴黎，城市的喧嚣立刻将我紧紧包裹，那是一种让人压抑得几乎喘不过气来的感觉，仿佛被人紧紧抱住，却又极不舒服。悲伤似乎笼罩着每一座灰色的建筑和每一条铺着砖石的街道。我能真切地感受到这种浅浅的悲伤，而城市的冷漠又使得这种感觉更加强烈。

行人们都匆匆忙忙，他们仿佛根本看不见我。在他们中间，我就像一个外人，像一个无处安息的幽灵，孤零零地在城市里游荡。城市的沉重感压在我身上，每一个嘈杂声，每一次汽车喇叭的鸣叫，都像是在侵犯我对福建的美好记忆。那些声音就像一些与轻柔山川河流旋律相悖的痛苦杂音。

然后，在某一个早晨，就在我沉浸在这种几乎有些麻木的悲伤之中时，突然有一道光亮出现了——是一封信。信里只有简简单单的几句话，却无比重要："福建的陶艺师先生给您寄去了你们一起制作的陶器。"原来那不是一场梦啊，我们的那次相遇是真实发生过的。我怀着激动又充满希望的心情奔向邮局，心里特别渴望能够亲手触摸、感受这个脆弱的物件，因为它是我们在福建相遇时那份爱与美的具体象征。这个陶器特别简单，简单得让人惊讶——它有五十厘米高，十厘米宽，形状很是质朴，颜色是深深的黑色，就像福建的山丘一样，不过上面还点缀着金色的闪光点，就像黄昏时河面上太阳光的反射，又像是晨雾中编织起来的梦想。这个小小的物件可不只是一个陶土做的容器，它是来自那个世界——福建——的一缕光，跨越了海洋和时间，来到了巴黎。我已经准备好把它当作珍贵的宝贝那样接纳、保护起来。

然而，当我赶到邮局时，只得到了一句不带感情的话："您的东西我们弄丢了。"一瞬间，所有刚刚燃起的希望破灭了。我以为成功架起了两个世界之间的桥梁，但现实残酷地击碎了这一想法。面对这张小小的纸条，我感到无比失望。

这个看似不成比例的巨大损失让我感觉所有的美好以及与陶艺师建立的联系都被一次残酷的意外带走了，就像一个脆弱的陶器在现实的坚硬石头上被摔得粉碎。

就在这个时候，在我口袋里的老子似乎从平静的沉睡中苏醒过来。他轻声地对我说，声音轻柔又让人安心："你要知道，那仅仅是一个物件罢了。物质的形态从来都不是最重要的，重要的是联系、美以及蕴含在每一个动作中、每一个在泥土里勾勒出的梦想中的爱。这些东西，是永远不会失去的。"

我知道他说得对。这些简单却又深刻的话让我想起了这次经历的真正意义。我从福建带回来的，其实不是一件简单的陶器，不管它有多么美丽，而是一些无形的、更珍贵的东西，是陶艺师的爱，他的耐心，还有他触摸泥土的那种方式，就像永远不会消失的回声一样。那是我们在福建的雨雾里建立起来的联系，这些东西是不会在人类复杂的物流迷宫里丢失不见的。福建依然在我心里，它的精神渗透着我日常生活的每一个瞬间，哪怕是在巴黎喧嚣的街道上。

过了几天，就在我差不多已经接受了这个损失的时候，又传来一个意想不到的消息。这个消息虽然简短，却又重新点燃了我心中希望的火焰。消息说："您的东西已经退回给发件人了。它正在中国等着您呢。"这些话对我来说就像命运给出的谜题，像是一个自我闭合的循环，这个陶器又被送回了它诞生的地方。这个陶器就像有生命一样，尝试了旅行，经历了波折，最后决定回到它的出生地。

这个想法有一种奇特又有些心酸的美：这个陶器并没有丢失，它只是回到了源头，就像一个回声回到了原点。它就在那儿等着我，在那些云雾缭绕的山丘上，在那块我的脚曾经走过、我的心还一直徘徊在那里的土地上。它就在那儿等着我，黑色的身体深邃无比，带着捕捉到福建之光的金色闪光点，仿佛那块土地是有生命的、神秘的，想要提醒我，总有一条回去的路。我仿佛能看到它被放在架子上，被陶艺师拿在手里，也许陶艺师看到它回来的时候还笑了呢。也许他正温柔地看着它，知道它只是遵循了自己的路，在继续前行之前，注定要回来。

福建又在召唤我了。在那个陶艺师的工作室里，有一段等待着我的共享经历的片段，就好像时间对它已经没有了约束。我似乎听到老子带着笑意的声音："万物都会回到源头，这难道不就是事物的自然规律吗？"我心中涌起一股抑制不住的冲动——回去，把那个物件找回来，同时也找回我在那里得到的东西——创造的本质，那是一个在物质里共享的梦的投影。也许，我的旅程还没有结束……也许，这才刚刚开始。

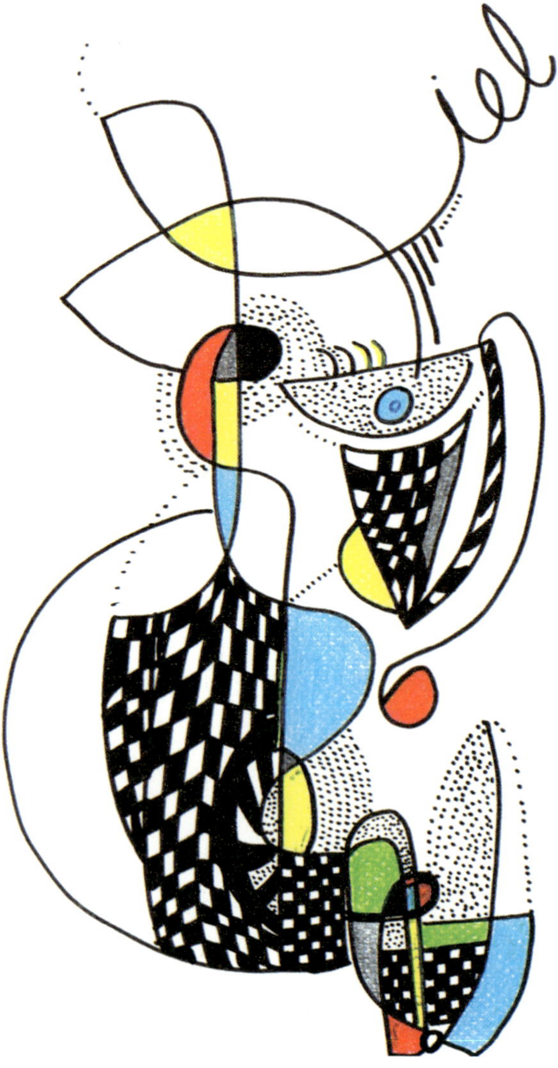

Par où commencer cette histoire ? Par mes larmes séchées, enfouies du fond des âges ? Par cette éternité oubliée ? Cette caresse le matin que tu faisais sur mon visage ? Comme une nouvelle promesse infinie des jours heureux à venir ensemble ? Vingt ans ont passé et mon coeur brisé ne se remet pas. Il n'en finit pas de saigner. Partout, il cherche la musique de tes baisers, de tes caresses. Cette passion folle, inconsidérée qui aurait pu nous faire nous enfuir à l'autre bout du monde. Et puis, non, tu en as décidé autrement. Un matin au coin du feu, ou dans le wagon d'un train, tu en as décidé autrement. De battre mon coeur s'est arrêté. Une vie ralentie désormais m'attendait. Ou bien l'inverse une vie accélérée s'en est suivie. Tellement accélérée qu'au final, c'est une vie ralentie. Je sais que je vais tomber. Je le sais. J'ai longtemps attendu ce moment. Mais pour tomber, il faut un lieu magnifique, un lieu inattendu, où les falaises côtoient les nuages, où la végétation aspire à la magie des siècles, où l'air n'a pas d'égal. Les hasards de la vie, ou les successions de mes accidents, ont fini par me conduire là. C'est le lieu absolu pour tomber… Une chute infinie. Douce et violente. Dans cette région dont mon ignorance m'avait préservée. Comme je te l'ai toujours dit, je suis « une ignorante sur-diplômée ». En colère, tu me jetais ton journal à la figure, en affirmant que c'était une honte de dire cela. « Pourquoi travailler à achever une thèse, tout en travaillant non stop à côté si c'est pour dire des conneries pareilles ? ». Puis tu retournais à ton piano et tu finissais par enivrer mon coeur. Contrairement à toi, j'ai toujours su qu'un diplôme ne fait pas le coeur. Déjà je luttais contre des universitaires occidentaux dont le coeur ne battait plus. Je n'avais pas vu que tu faisais partie de cette famille. Ceux qui ont besoin de détruire les autres pour exister. Comment ai-je pu être si aveugle ? Sans doute, le jeu de tes doigts sur le piano, l'ivresse de la lumière baignant le salon et ce doux morceau de Chopin. Pourtant, je l'ai toujours su c'est bien de coeur dont l'humanité a besoin.

En ce mois de juin quitter Paris était une nécessité. Une urgence vitale pour moi. Mais je ne le savais pas encore. Tant d'années passées à travailler sans m'arrêter. Travailler, faire du sport. Marcher. Méditer. Tenter d'oublier. Essayer encore et encore. Ne plus arriver à aimer. Finir par ne plus tenter. Peindre. Dessiner. Lire, corriger, danser, rire parfois, manifester toujours. Attendre la révolte à venir. Suivre, photographier les soulèvements, les guerres. Défendre le peu de droit des femmes et des enfants. Chercher le sommeil. Enseigner. Donner aux autres la possibilité d'écrire leurs mots, de dire leurs sincérités (en espérant qu'elles ne soient pas éphémères). Défendre des idées. Écouter les bruits et les silences du monde. Il était temps. Tant d'années à ne pas pouvoir aller en Chine pour m'y perdre et m'y trouver en même temps. La Chine, terre de questions et de réponses. Seul pays où le vide est un plein et où le plein est un vide. J'aime la Chine, sa diversité, sa population, ses expressions, ses vitesses, ses lenteurs, ses saveurs, ses parfums… Quel merveilleux pays pour chuter !

La ville qui m'accueille en premier c'est toujours Beijing. J'aime cette ville dont je ne finis pas de découvrir des recoins, des parcs où me cacher, des montagnes où me perdre. Ce mois de juin est singulier. Moi qui refuse tous les prix, les honneurs, j'ai fini par accepter deux prix. L'un français, en mars, la médaille d'honneur du maire du 6e arrondissement pour tous mes combats et la tenue de l'ONG fondée par Marie Curie en 1920, et l'autre en Chine, en juin, « prix spécial du livre »… Tu aurais hurler de savoir que j'ai refusé bon nombre de prix, et d'honneur préférant rester assise au café ou au marché dans les rues salles de Bombay à partager un plat de lentilles à même le sol. Ou encore dans les rues kosovares à écouter les errances des âmes de guerre. Parfois, il vous suffit des mots d'une amie pour vous dire qu'il est temps de passer à autre chose. Sacrée fée dont la phrase tourne en boucle dans mon esprit « je suis sûre que tu ne sais pas pourquoi tu as ce prix. » Non, en effet, toujours pas. Mais ce n'est pas bien grave. Fine analyste, elle savait que ce serait difficile pour moi toutes ces lumières, ces protocoles, ces tapis rouges, les invités, les stars, tout ce bruit incessant.

Se rendre au Fujian

Et puis, il a fallu quitter Beijing, avec une partie des récipiendaires, pour se rendre dans le Fujian. Assise dans un recoin de l'aéroport, j'observe le ballet incessant de notre humanité. Un jeu des mondes, un jeu des instants. Une musicalité différente dans mon esprit. Pour la première fois, je n'ai rien lu sur la région, je pars à l'aveugle. Je ne veux rien savoir, je veux m'abandonner à ma curiosité naturelle. Même si je sais qu'elle sera entravée par le groupe… Je décide de débrancher mon cerveau, de ranger mes livres de psychologie, de philosophie, d'oublier les essais du monde, ce vacarme… Je monte dans l'avion en écoutant les discours infinis d'un touriste qui trouve que seuls les vikings ont une histoire légitime. Je m'amuse, moi qui me dit être une « viking de l'Est ». Il me noie de ses paroles… L'avion finit par bercer tous les discours, je regarde par la fenêtre, je scrute les nuages, les montagnes. Les distances en Chine sont infinies finies, ou bien l'inverse. Pour la première fois, j'aperçois la mer de Chine. Vieux rêve d'enfant accroché à la bandoulière de mon appareil photo.

L'avion va-t-il se poser ? Pourrais-je, un jour, débuter une nouvelle ou un livre, par « il était une fois ».

Dans mon carnet, je note : « Il était une fois ». Mais à notre époque, cette phrase a-t-elle encore un sens ? Sommes-nous encore capables de rêver ?

Le Fujian est une région suspendue entre mythe et réalité, un lieu où la nature semble détenir des secrets qu'elle murmure à ceux qui savent l'écouter. C'est une terre de montagnes recouvertes de brume, où les pins se dressent en sentinelles solitaires, leurs silhouettes effilées se perdant dans les nuages. Les rizières en terrasses s'étendent comme des écailles de dragon, miroitant au soleil, témoignant du labeur silencieux des hommes qui, depuis des siècles, modèlent ce paysage en parfaite harmonie avec les caprices du climat.

Les villages aux maisons de terre battue se blottissent au creux des vallées. Ici, les traditions semblent immuables, se perpétuant au fil des générations comme les vignes s'accrochent aux versants escarpés.

Le Fujian est aussi une région de rivières sinueuses qui, telles des rubans d'argent, traversent des forêts profondes où le vent porte encore l'écho des légendes anciennes. On raconte que ces cours d'eau sont habités par des esprits protecteurs, des émissaires du ciel veillant sur les hommes.

Ici, les récits de Lao Tseu et les poèmes de Li Bai ne sont pas que des mots couchés sur du papier ; ils se fondent dans les ruisseaux, les pierres moussues et le chant des oiseaux. Par moment, je me prends à m'imaginer lire les textes originaux de Lao Tseu « la nature ne se presse pas, pourtant tout est accompli. » Que peuvent bien dire ses mots ? Lao Tseu murmure-t-il à mon coeur ? Ces mots semblent vibrer dans chaque souffle du vent qui caresse les rizières. En méditant loin de ton fantôme, ce murmure de Lao Tseu met en évidence que la patience et la continuité sont les vraies forces du monde.

Au lever du jour, je regarde les nuages s'accrochant sur les montagnes. Quelque part dans mes notes, je sais, que des poètes chinois illustres ont évoqué les couleurs, les parfums de Fujian…

Li Bai dans mon carnet

Ce matin, Li Bai semble pencher devant mes yeux, me signifiant que seule la spontanéité est mère de la création. Je lui tends une tasse de thé. Il esquisse un sourire. Ses yeux plongés dans les miens, assis paisiblement devant moi, il me désigne le lac, et d'un revers de manche caresse le paysage : « les montagnes sont hautes, l'eau coule sans fin, et l'esprit erre libre parmi les nuages. » Il repose sa tasse de thé. Puis saisissant un morceau de nuages, s'envole. Il regagne ainsi les sommets. Bientôt, je ne le vois plus. Seule la tasse de thé posée en face de la mienne me fait dire que Li Bai est bien venu ici. Un instant, une éternité ? Qui sait ce que cela veut dire ?

Mes yeux se ferment essayant de dissiper son mystère de nuages et de paysages insaisissables ? « Nul mystère » semble-t-il me dire de loin sur son nuage filant à vive allure. Dans les paysages du Fujian, l'infini des montagnes et le flot incessant des rivières incitent à la contemplation et à la liberté retrouvée de l'esprit.

Quand on est invité, il est difficile d'échapper aux protocoles, aux dîners officiels. Pour la première fois de ma vie, je me plie à cet exercice. Par intermittence, mon esprit se dissipe, oublie les bonnes manières, mes mains cherchent mon carnet, ou mon stylo enfoui dans une poche. Une façon de me rassurer. La porte de l'évasion est là. Dans ma poche se promènent tantôt Li Bai sur son nuage, tantôt Lao Tseu qui me pique de philosophie pratique. Souvent, j'entrouvre mon carnet et je les vois naviguer le long d'une rivière devisant sur la nature de l'existence ou sur les troubles de l'amour. Ils sont souvent trop bruyants. Ils me répètent en boucle « mais écoute-nous, nous sommes de bien meilleurs guides ! »

Je le sais bien. Mais je ne peux m'extraire tout le temps pour les écouter… J'entends leur mélodie, leurs rires, leurs agacements, leurs conseils « tourne à droite, va devant cette pierre, assieds-toi, médite, respire… » Autant d'injonctions douces qui me poussent à regarder les détails des murs, à discuter avec la mousse sur les pierres, à caresser les arbres, à écouter les habitants des villages jouer aux cartes.

Parfois, dans le silence des pages de mon carnet, je confie à mes comparses le goût des soupes. Dans cette région, ne dit-on pas qu'une « soupe peut avoir dix formes ? » (一汤十变) Mais quelle est cette voix nouvelle qui vient perturber la quiétude de nos échanges ? Que fait-elle ici, alors que j'arrive à peine à décrire à mes deux amis la première soupe que je viens de découvrir ? J'entrouve mon carnet pour en savoir plus et apparaît sur la page de droite une très belle calligraphie 佛跳墙 littéralement *Bouddha saute par-dessus le mur*. Mes deux comparses tournent eux aussi la page et essayent de jouer avec les idéogrammes. C'est un peu gênant, je n'ose pas refermer mon carnet. Je ne veux écraser personne. Les deux rient… « vas-y goûte cette soupe ». En bouche, c'est un étonnement, je ne sais pas ce qui domine. Les goûts s'entrechoquent, mes papilles interloquées laissent la poésie s'égarée. Pour bien préparer une telle soupe, il faut jusqu'à une trentaine d'ingrédients et un à deux jours de préparation. Quelle patience ! Quel équilibre ! Les ingrédients varient suivant les recettes, mais incluent en général des œufs de caille, des ormeaux, des coquilles Saint-Jacques séchées, des concombres de mer, des ailerons de requin (aujourd'hui interdits), des pieds et du tendon de porc, du poulet, du canard, du jambon fumé, des champignons et des pousses de bambou. « Tu vois, il fallait bien que tu goûtes à cette merveille, bon historiquement, il y avait des ailerons de requin dedans, mais on ne voulait pas te choquer et puis maintenant c'est interdit… » Li Bai et Lao Tseu semblent s'entendre, ils se jouent de mes pensées. Lao Tseu semble prendre le dessus « laisses-la tranquille, tu vois bien qu'elle est traumatisée maintenant par tes ailerons de requin, il faut laisser la magie des papilles gustatives opérées ».

Mais cette voix nouvelle ? « Enfin c'est celle du Tao » crie Lao Tseu, « aucun doute là-dessus » ajoute-t-il un peu agacé… L'affaire est close, je lui présente mes excuses pour cette naïveté occidentale… Li Bai et Lao Tseu éclatent de rire et d'un commun accord abordent une nouvelle page en disant « c'est vrai, on a tendance a oublié mais tu es née en Occident, mais ce n'est pas possible, ton âme est chinoise, on le sait bien… »

Ce soir, dans l'immensité de ma chambre, je referme mon carnet, je le pose délicatement sur ma table de nuit en me demandant si demain mes deux comparses seront encore là. Sans doute, faut-il dormir. Sans doute.

La lumière est mon guide, à peine cinq heures du matin, je suis débout. Je regarde mon carnet, il n'a pas bougé. Après quelques étirements, il est temps de profiter du calme du matin et de cette lumière naissante pour savourer la liberté de découvrir les lieux. Fuzhou regorge de parcs et de lacs. La mélodie matinale y est singulière. Le ciel embrasse son reflet d'eau. Je suis le chemin du lac. Je contourne une barrière, j'arrive à une première pagode. Une respiration silencieuse plus loin, je devise avec les fleurs de lotus, je me joue des mouvements de danse et du tai chi. L'immensité des arbres, le jeu des lianes et des couleurs m'enivrent. C'est une douce chaleur matinale avant la moiteur du mois de juin. Tout s'éveille et s'émerveille. Le soleil est une caresse, une promesse de couleurs en équilibre dans mon carnet. Comme à mon habitude, je ne compte pas les kilomètres, je sais juste qu'il faut être à l'heure.

Une mélodie nouvelle sans laquelle mes pas me conduisent de découverte en découverte. À cette heure-ci, au bord du lac, tout semble si paisible. Et Lao Tseu revient au creux de ma main et finit par me souffler : « la connaissance des autres est intelligence, la connaissance de soi est sagesse. » En me concentrant, j'entends la fleur de lotus s'épanouir. J'aime cette mélodie de pluie qui annonce de nouvelles danses.

J'ai l'impression qu'ici enfin ton fantôme va disparaître. Il se dissipe dans les nuages. Sans doute, deviendra-t-il inaudible.

Nous quittons Fuzhou, je fais mes adieux au lac, je regarde mon carnet, le plie délicatement dans ma poche de veste. Le bus nous conduit au coeur d'épaisses montagnes. Le soleil joue à cache-cache. Chaque goutte de pluie semble agacée l'équipe qui espérait que les écailles du dragon montreraient leurs beautés étincelantes sous le soleil du Fujian. Derrière la buée de la vitre du bus, je regarde les jeux de couleurs. Le Fujian est une terre qui mêle le tangible à l'invisible. Chaque pas sur un chemin de terre peut vous conduire vers une vérité insaisissable, où le monde moderne semble s'évaporer, laissant place à une dimension où le rêve et la réalité cohabitent sans jamais se heurter. Se jouant des réalités, Li Bai me murmure un poème de la dynastie des Song « La vie est un rêve errant, comme les nuages blancs qui passent.（人生如梦，一樽还酹江月。）»

Le Fujian invite ainsi à l'introspection, à la contemplation. Chaque arbre, chaque rivière, chaque morceau de paysage deviennent un espace où les mythes continuent de vivre.

Nanping

Nanping se révèle. Perle nichée au cœur du Fujian, où les beautés naturelles et les échos de l'histoire se rencontrent. Nanping, c'est un enchevêtrement de montagnes verdoyantes, où les bambous se balancent doucement dans la brise et où les fleurs sauvages éclatent en couleurs vives le long des sentiers sinueux.

Le matin, la brume se lève sur la rivière Min, enveloppant les collines dans un voile de mystère, un spectacle qui fait penser à une estampe ancienne où la nature est à la fois douce et puissante. Les temples de Nanping se dressent tels des gardiens silencieux, témoins de siècles de croyances et de prières.

Les petites ruelles de la vieille ville résonnent encore des pas des anciens commerçants, et chaque mur raconte une histoire d'autrefois, un fragment de vie soigneusement conservé. C'est un endroit où l'on peut entendre les murmures des générations passées, où chaque pierre semble avoir une âme. L'écho de la pluie sur les pierres lance une mélodie nouvelle. Une sonate de Mozart me revient en mémoire. Dans mon carnet Li Bai s'agite.

À l'abri des regards, j'entrouvre la page et il me lance « mais n'as-tu donc pas retenu ce poème ? »

Le fleuve coule devant la porte, l'Occident est loin de ma patrie.
Où se trouve mon pays natal ? Seules les feuilles mortes tombent en silence.
À l'ouest, sous la tour de la vieille ville, un chant résonne,
chaque note du pipa chante l'adieu et l'éloignement.
Mille ans plus tard, sous la tour haute,
le clair de lune éclaire le pont à l'est.
Qui pourrait comprendre le sentiment du voyageur,
dont chaque nuit rêve des pavillons bleus de son pays natal ? [1]

Ces mots flottent dans l'air comme la brume matinale de Nanping, tissant un lien invisible entre passé et présent, entre les sentiments des poètes et la réalité des lieux. Et puis, le quotidien revient me chercher, tout

---

1 前门江水流，西老别故乡。
故乡何处是？寂寞落叶行。
前门西楼唱，里里听琵琶。
自知佳人能，声声诉离别。
千年高楼上，月鸟渡桥东。
谁怜游子意，一夜青楼梦。

comme les odeurs enivrantes du marché : celles des épices, des thés rares, et des fruits fraîchement cueillis. Les habitants de Nanping, avec leur hospitalité sans fard, incarnent la chaleur et la simplicité de cette région, faisant du visiteur un témoin privilégié d'une manière de vivre qui célèbre la lenteur et la beauté de chaque instant.

Le Fujian est une terre qui mêle le tangible à l'invisible, où chaque pas sur un chemin de terre peut vous conduire vers une vérité insaisissable, où le monde moderne semble s'évaporer, laissant place à une dimension où le rêve et la réalité cohabitent sans jamais se heurter. C'est un lieu qui invite à l'introspection, à la contemplation, un espace où les mythes continuent de vivre à travers chaque potier, chaque cultivateur de thé, chaque âme qui prend le temps de s'arrêter et d'écouter la résonance du passé dans le présent.

C'est en observant ces mains qui façonnent l'argile, ces visages burinés par le temps, que l'on saisit la continuité fragile mais tenace qui lie les hommes à leurs racines, aux éléments. Le potier, l'imprimeur calligraphe, le cultivateur de thé, chacun porte en lui une part de cette terre, et à travers leurs gestes, c'est toute l'histoire du Fujian qui continue de vivre. À travers chaque potier, chaque cultivateur de thé, chaque âme qui prend le temps de s'arrêter et d'écouter la résonance du passé dans le présent, c'est un hommage à cette persistance tranquille qui défie le passage du temps.

Les Monts Wuyi

De nuit, nous avons quitté Jianyang, nous dirigeant vers les Monts Wuyi. La pluie glissait sur les vitres du car, traçant des chemins éphémères, et créant une buée dense qui enveloppait tout dans un voile de mystère. Il y avait quelque chose d'indéfinissable dans ce trajet nocturne, comme si chaque goutte sur le verre renforçait encore plus le sentiment d'avancer vers l'inconnu. Que retenir de cet instant ? L'insaisissable brume nocturne qui nous faisait presque perdre le sens du temps ? Le goût réconfortant de l'oie cuite pendant des heures, ses saveurs riches nous rappelant la chaleur des foyers lointains ? La danse hypnotique au milieu des tambours battant la cadence, sous les lanternes vives qui transformaient la nuit en une symphonie de lumières ? Ou bien la poésie des lieux, avec leurs ruelles et leurs murmures, les mystères que Nanping semble offrir et taire tout à la fois ? Nanping et ses ruelles étaient comme un enchevêtrement vivant de pierres et d'histoires millénaires, un labyrinthe de souvenirs et d'échos qui résistaient au passage du temps.

La nuit fut entrecoupée de songes, de murmures éthérés, de discussions lointaines entre Lao Tseu et Li Bai. J'entendais leur voix, comme venues d'un autre monde, se questionner, deviser sur le sens de nos existences éphémères. Faut-il éclaircir les pages de mon carnet, y inscrire des certitudes, ou faut-il qu'il se construise seul, à l'image des montagnes qui se dessinent dans la brume ? Nul ne connaît véritablement les mystères des écrivains. Ils avancent, silencieux, rêveurs, dans la durée de l'humanité, tels des ombres errantes, témoins agiles et fragiles de nos sociétés fragmentées. Sans doute, dans ces carnets où ils s'expriment, se cachent-ils des remèdes secrets, de ceux qui apaisent les maux du monde, les failles, et les déchirements que nul autre n'ose regarder en face.

Cette matinée est à nulle autre pareille. Elle possède une mélodie faite de brume et de mystère. Le bruissement des feuilles sous la pluie est comme une berceuse ancienne, et les croassements des corbeaux s'élèvent, semblables à des incantations primitives, s'émerveillant et se transformant en symphonies éphémères, en étoiles filantes s'éteignant à l'horizon. Je me fonds dans ce paysage, m'y plonge tout entière, jusqu'à m'y perdre.

Marcher sous la pluie au cœur des paysages des Monts Wuyi est une expérience qui relève de l'intime, une plongée en soi-même. Chaque parfum révèle une magie oubliée, chaque arbre porte en lui un secret ancien. Les roches massives, couvertes de mousse, semblent abriter des rêves endormis, des histoires figées dans le temps. Le groupe se faufile sur les sentiers, serpentant entre les géants de pierre ; pour ma part, j'aime à caresser les pierres moussues, à effleurer du bout des doigts les marques laissées par les siècles, m'évanouir dans les anciennes demeures de pierre, ces grottes silencieuses où la magie des lieux semble palpable, où l'écho des siècles passés résonne encore, comme un souffle à peine perceptible.

Le groupe s'attarde sur les écoles philosophiques qui ont forgé la réputation des Monts Wuyi, évoquant les grands maîtres et leurs doctrines érigées au fil des siècles. Je devrais, moi aussi, prendre des notes, car après tout, je suis philosophe. Mais à quoi bon ? Le vent, qui s'engouffre entre les pins, semble murmurer que la vraie philosophie ne réside pas dans les salles de classe, ni dans les pages jaunies des manuscrits anciens.

Lao Tseu

J'entends Lao Tseu, quelque part sur un nuage dans mon carnet, sourire de mon hésitation. Il me fait signe et devant la page blanche de mon carnet me rappelle que la voie ne se trace pas sur des rouleaux de parchemin, mais dans le silence de ces montagnes, dans la course libre de l'eau qui s'échappe entre les rochers. La philosophie est ici, présente dans chaque feuille emportée par le vent, dans chaque fragment de brume qui se dissipe sans laisser de trace.

Li Bai, toujours rêveur, apparaît dans un reflet d'eau et éclate de rire : « Les plus belles vérités sont comme ces montagnes — elles ne peuvent être possédées, elles se vivent, elles se contemplent. » En les écoutant, je commence à entrevoir que la sagesse est une marche solitaire parmi les arbres, un bruissement discret qui nous rappelle notre petitesse face à l'immensité. Les écoles de pensée, les doctrines savamment consignées, ne sont que des tentatives imparfaites d'attraper le souffle même de la vie, alors que la véritable compréhension réside ici, dans le mouvement des nuages, dans la pluie qui caresse les pierres, dans le chant du vent qui efface nos certitudes.

Je suis philosophe, oui, mais je suis avant tout une voyageuse dans ces paysages. Et ces montagnes, ces forêts infinies sont mes maîtres véritables. Elles

enseignent l'impermanence et la beauté de chaque instant, la contemplation silencieuse plutôt que l'analyse rigide, l'humilité devant un monde bien plus ancien que nos pensées. Lao Tseu et Li Bai, complices invisibles, me montrent le chemin — celui qui ne se prend pas en note, mais qui se ressent, qui se vit, et qui fait résonner quelque chose au plus profond de l'âme.

Un instant, je demande à quitter le groupe, à m'éloigner de leur présence pour m'enfoncer plus profondément dans cette sagesse immémoriale. Je m'arrête, face à la rivière, et me mets à deviser silencieusement avec elle. Loin du tumulte, j'ai besoin de cet éloignement pour écouter l'eau chanter, pour observer les pierres, ces gardiennes immuables, polies par le temps et pourtant invincibles. C'est une parenthèse majestueuse, l'éternité d'un instant que je vole au temps qui passe.

Modeler le destin

Assise au bord de la rivière, sous un ciel aussi vaste qu'un poème inachevé de Li Bai, je me surprends à redécouvrir la lune. Elle flotte comme une promesse diffuse, une lanterne douce cachée derrière un voile de nuages. Sa lumière, tamisée, se mêle à la brume du soir, enveloppant le paysage d'un mystère apaisant. Dans ce moment suspendu, je n'étais pas seule — la silhouette du poète Zhao Lihong apparaissait en contrebas, apportant avec lui une immense délicatesse. Sa démarche était souple, son souffle tranquille. On aurait dit un sonnet, chaque respiration se posant en cadence sur ma méditation solitaire. Il ne prononça pas un mot, mais sa présence était une invitation silencieuse à partager la beauté de cet instant, sans rien en dire, sans rien en briser. Juste être là, ensemble, témoins du murmure de la rivière, de la promesse de la lune, de l'écho invisible des montagnes qui nous entouraient.

Zhao Lihong marche à mes côtés en silence. Nous sommes entourés des bruissements de la nature, de la rumeur lente et mélodieuse de l'eau effleurant les galets, de ce concert muet qu'offre une soirée tranquille dans les collines éternelles du Fujian.

Les Monts Wuyi se dressent en arrière-plan, leurs pics imposants émergeant des nuages comme des sculptures taillées par des dieux anciens. Les montagnes, couvertes de végétation dense, sont autant de remparts de jade qui semblent protéger les secrets ancestraux de cette terre. La rivière serpente entre les formations rocheuses, tissant un ruban argenté autour des falaises abruptes. J'avais rêvé de naviguer sur ses eaux, de m'embarquer sur l'un de ces radeaux de bambou, de me laisser porter par le courant tout en observant les merveilles de ce paysage mythique. Mais la pluie avait été trop intense ces derniers jours, gonflant la rivière au-delà de ses rives, la transformant en un torrent capricieux et tumultueux. Les crues avaient rendu toute promenade en bateau impossible, les radeaux restant amarrés à la rive, comme des oiseaux aux ailes repliées, attendant des jours plus cléments.

Nous avançons lentement, le sol détrempé sous nos pas. La pluie n'est plus qu'une bruine fine, mais elle a laissé son empreinte partout : sur les feuilles alourdies, sur les sentiers devenus boueux, et sur l'atmosphère elle-même, chargée d'une humidité épaisse et pénétrante. J'avais l'impression que chaque pas que nous faisions sur ce chemin bordé de théiers était un pas de plus vers une vérité intime et insaisissable. Les Monts Wuyi, avec leur majesté silencieuse, semblaient nous observer, témoins tranquilles de nos errances et de nos réflexions. Ils étaient là, immuables, même quand les hommes se perdaient dans leurs propres tumultes, et leur grandeur donnait à notre marche une certaine gravité, un rappel de l'insignifiance de nos préoccupations face à la beauté éternelle de la nature.

C'est alors que je l'ai vu. Le potier était assis sur une pierre, ses mains tachetées de terre, ses doigts émergeant d'un monde qui paraissait à mi-chemin entre le rêve et la matière. Le regard qu'il nous adresse est à la fois curieux et triste, comme celui d'un homme qui a trop vu et qui pourtant espère encore apercevoir quelque chose de nouveau. Une créature mythique sortie de la terre et du feu, le potier ressemblait à ces anciens immortels dont parle Lao Tseu — des sages qui, plutôt que de se retirer du monde, avaient décidé de façonner la beauté, même à partir de la poussière.

Je vois le regard de Zhao Lihong à cet instant, intense et attentif, ses yeux sombres plongés dans une profondeur presque insondable. Nous sommes face à quelque chose qui dépasse la simple parole, un langage que ni lui ni moi ne pouvons saisir totalement. Zhao Lihong garde le silence, mais son regard parle — curieux, imprégné de respect, et avec cette lueur rêveuse qui le caractérise tant.

Il s'accroupit lentement à côté du potier, scrutant les lignes de terre et les motifs subtils gravés dans la poterie. Ses yeux parcourent chaque détail, et je vois en lui cette curiosité douce qui semble vouloir percer l'énigme du monde. Puis il sort son carnet — ce même carnet qu'il transporte partout, rempli de poèmes, de pensées éparses, et de dessins inattendus. Avec une certaine lenteur, il commence à esquisser des traits sur la page vierge, capturant la forme des objets à ses pieds, les courbes, les symboles, ces infimes détails que seul le potier semble vraiment comprendre. Son regard se relève parfois, cherchant l'approbation silencieuse du potier, et leurs yeux se croisent dans un dialogue muet, fait de respect et de transmission.

Le potier incline doucement la tête, un sourire à peine perceptible étirant ses lèvres. Ses yeux pétillent de reconnaissance, comme s'il percevait la compréhension naissante dans les dessins de Zhao. Avec une délicatesse infinie, il tend la main et touche du bout des doigts les esquisses, ajoutant des marques dans l'air, des gestes à peine esquissés, comme s'il voulait corriger, compléter, ou orienter la création. Zhao, absorbé, lève finalement les yeux vers moi. Il me tend son carnet, les pages vibrantes de traits entrecroisés. “Regarde”, murmure-t-il. “Ce que je comprends de ses mots est ici, mais il

y a encore autre chose… quelque chose qui dépasse le dessin, que nous devons encore décoder ensemble."

Comme pour répondre à nos interrogations, le potier se redresse, ses yeux brillant d'une lueur mystérieuse. Il nous fait un signe de la main, nous invitant à nous rapprocher de lui. « Venez, venez voir », dit-il, sans préambule, d'une voix basse mais qui porte loin. Zhao et moi échangeons un regard, puis, d'un geste silencieux, il m'invite à m'approcher du vieil homme. Je suis aussitôt fascinée par les œuvres d'art posées à ses pieds, alignées sur un morceau de toile rude. Des bols, des théières, des jarres, toutes nées d'une alchimie entre ses mains et la terre du Fujian, avec ces teintes chaudes et mâtinées d'ocre, une sorte de réconfort pour l'âme. Chaque objet porte l'empreinte discrète de son créateur : une ligne asymétrique, une courbe volontairement imparfaite, une faille glorieuse qui donne vie à la matière.

« Qui êtes-vous ? » lui demandé-je, subjuguée par cette présence si étrange.

Il me sourit. « Je suis Jian Zhan, le potier du Fujian. Mais vous, qui êtes-vous ? Une vagabonde qui médite sur la beauté du monde ou quelqu'un qui cherche encore quelque chose à façonner ? »

Ces mots me font tressaillir. Je me suis souvent interrogée sur ce que je cherche, ici, dans ces collines éloignées. Peut-être suis-je à la recherche d'une vérité que j'ai perdue de vue dans les grandes villes et leurs chaos ; peut-être espéré-je trouver dans ces paysages la tranquillité d'une certitude oubliée.

Nous parlons longuement. Il me raconte sa vie, une existence sculptée dans la terre humide et rythmée par la chaleur des fours à bois. Une vie de gestes répétés, appris de son père, qui les avait lui-même reçus de ses ancêtres. C'est une lignée de potiers qui, à travers les siècles, n'avaient pas seulement façonné des objets, mais qui avaient aussi forgé une manière d'être au monde. Ces gestes étaient bien plus qu'une technique : ils représentaient une philosophie, une façon de s'attacher à l'essentiel, à ce qui dure au-delà du passage du temps.

La voix du potier se fait plus basse lorsqu'il me parle de l'actualité du monde. Il me confie sa tristesse face aux nouvelles qui parviennent jusqu'à sa campagne reculée — des histoires de guerres, de destructions, de divisions profondes. « L'humanité, me dit-il, semble avoir oublié la beauté des choses simples, la valeur de ce qui prend du temps à créer. » Il me parle de son art, de ce savoir-faire transmis de génération en génération, et de sa peur qu'un jour, tout cela ne se perde dans l'oubli. Ses mains, pourtant si habiles, tremblent légèrement alors qu'il évoque ce futur incertain.

Il cherche une passerelle, une voie à travers laquelle son travail pourrait être révélé au monde. Non pas pour la gloire ou pour l'argent — il n'a jamais cherché cela — mais pour rappeler aux hommes la beauté qu'ils ont oubliée, la beauté qui se trouve dans la lenteur, dans la patience, dans l'art de contempler. « Nous vivons dans une époque où tout va trop vite, » murmure-t-il, les yeux fixés sur la terre qu'il aime tant. « Mon art n'est rien d'autre qu'un acte de résistance. Résister à l'éphémère, au fugace, et célébrer ce qui demeure. La patience d'attendre que l'argile soit prête, que le four ait atteint la bonne température… C'est tout cela qui nous enseigne la valeur de chaque instant. »

Ses mots résonnent en moi longtemps après qu'il les ait prononcés. Dans ses œuvres, je vois la trace de chaque génération qui a modelé cette terre, le témoignage silencieux de vies consacrées à quelque chose qui dépasse l'individu. Je comprends alors que ce que le potier crée n'est pas seulement de l'art ; c'est une invitation à vivre différemment, à prendre le temps de ressentir, à contempler, à redonner du sens à ce que nous avons perdu dans la course effrénée du monde moderne.

Je prends mon propre carnet, l'ouvrant sur une page blanche. En un instant, nous sommes tous trois absorbés dans une étrange alchimie de gestes et de dessins, une danse silencieuse entre l'esprit et la matière. Zhao Lihong trace des lignes avec une précision presque méditative, et moi, je tente de leur répondre. Nos carnets deviennent deux voix distinctes, engagées dans un dialogue qui ne nécessite pas de mots, une conversation faite de traits, de courbes et de nuances. Le potier suit le mouvement de nos crayons, ses yeux pétillant d'une curiosité bienveillante. Parfois, il lève les yeux vers nous, son regard nous poussant à aller plus loin, à dénouer ce qui, pour lui, ne peut être dit qu'avec la terre et le feu.

Nos carnets se transforment en passerelles, des espaces où les pensées se rencontrent, se frôlent, s'entremêlent. Chaque trait de Zhao ajoute une dimension nouvelle, quelque chose d'indéfinissable mais essentiel, tandis que mes lignes, esquissées en réponse, vibrent dans l'air humide du Fujian, se mêlant aux murmures du vent et au bruissement des théiers alentour. Peut-être, d'une manière mystérieuse, réussissons-nous à approcher l'essence de ce que le potier souhaite nous transmettre — une vérité qui échappe aux mots, mais qui s'ancre dans l'art, dans la matière, et dans les rêves esquissés sur ces pages.

Les créations du potier ne sont pas de simples objets. Elles sont des fragments d'âme, des histoires figées dans l'argile, portant en elles la mémoire d'une humanité qui sait encore s'arrêter, contempler, ressentir. Elles sont des fragments d'une vérité profonde, accessible seulement à ceux qui prennent le temps de regarder, de dessiner, de rêver. Chaque ligne tracée sur nos carnets devient un écho de cette rencontre. Ces pages ne sont plus de simples feuilles, elles sont devenues des témoins, des liens vivants. Nous avons partagé un moment unique, et désormais nos carnets sont prêts à poursuivre ce dialogue, même bien après notre départ.

Un fil invisible s'est tissé entre nous, reliant ce que nous sommes à quelque chose de plus vaste, de plus intime, que seul l'art pouvait révéler. Le potier, Zhao Lihong et moi ne sommes plus seulement trois individus sur un chemin — nous sommes liés par ce dialogue muet, par cette beauté que nous avons tenté de capter ensemble, et qui transcende les frontières du langage ordinaire. À travers ce moment, nous touchons à quelque chose de sacré, une part d'humanité qui persiste, malgré tout, à chercher la beauté, la connexion, et la paix dans la création.

Le potier, dans son regard tranquille et plein de sagesse, a sans doute perçu cette étincelle naître en moi. Peut-être a-t-il reconnu, dans mon désir de comprendre et de créer, la possibilité d'un pont entre

deux mondes — celui de ses montagnes, de sa terre patiemment façonnée, et celui plus chaotique que j'avais laissé derrière moi. À travers nos gestes, nos regards, nous sculptons au-delà de l'instant. Une éternité fragile capable de transcender les frontières géographiques et culturelles.

Le potier met dans chaque création l'amour le plus pur, celui qui ne cherche ni reconnaissance ni récompense. Ses mains, marquées par les années et par le contact de la terre, insufflent dans chaque bol, chaque jarre, la tendresse d'un geste répété sans cesse, avec la même intention silencieuse. Cet amour n'est pas celui des grands élans passionnés ; c'est celui des petits détails, des imperfections assumées, des courbes douces qui témoignent de la chaleur d'un cœur dédié à sa tâche. Il modèle l'argile avec une bienveillance infinie, transformant chaque morceau de terre en un fragment de sa propre âme. Pour lui, l'artisanat est une offrande, un acte de dévotion envers la vie elle-même. Chacune de ses poteries est un poème muet, une lettre d'amour à ce monde, forgée dans la patience et l'humilité.

Je continue encore à observer son travail, absorbée par chaque détail, chaque courbe, comme si mes yeux cherchaient à capter une part de son âme modelée dans l'argile. Je sais pourtant que nous devons retrouver le groupe pour partager le thé et les œufs de cent ans.

Zhao Lihong referme son carnet avec majesté et silence, un geste presque solennel. Il s'approche de la porte, m'indiquant, d'une douceur infinie, qu'il est temps de suspendre cette éternité. Mais mes pieds semblent enracinés ; je ne peux me détacher du travail du potier.

L'art véritable n'a pas de prix, ni de valeur tangible que l'on pourrait estimer. Il est une offrande silencieuse, un reflet d'amour distillé dans chaque détail, dans chaque fragment de matière. C'est l'amour qui infuse la terre, qui s'exprime dans la lueur douce des lumières du Fujian, ces lumières changeantes qui glissent sur les montagnes comme des songes d'antan. Cet amour, c'est celui qui se trouve dans la caresse légère des mains sur l'argile, dans le lent tourbillon de la poterie qui prend forme, comme une prière adressée à l'éternité.

Tétanisée par tant de beauté, je reste interloquée un instant, figée dans le mystère de ce que nous venons de vivre. Soudain, la mélodie de la pluie fine se fait plus forte, réveillant doucement le monde autour de moi. Zhao Lihong et moi sommes sur le sentier du retour, nos pas résonnant doucement sur la terre humide. Dans la brume qui s'épaissit autour de la rivière, l'atelier du potier s'efface, disparaît lentement de notre vue, comme une apparition qui se dissipe. L'avons-nous rêvé ? Était-ce une illusion tissée par la lumière et la brume, ou la vérité fugace d'un autre temps qui s'est révélée à nous ?

Zhao, comme s'il lisait mes pensées, murmure avec un léger sourire : « *La beauté est parfois si délicate qu'elle ne semble exister que dans la mémoire de ceux qui la contemplent.* »

En dégustant le thé, en observant la progression de ses saveurs, je suis du regard la vapeur chaude s'échappant de la théière, s'élevant vers une éternité. Le thé, comme l'art du potier, semble transporter avec lui les traces d'une histoire, une transmission silencieuse d'une beauté fugace. J'essaye de me remémorer cette éternité passée avec ce potier.

Son art est une transmission secrète, un rêve pétri dans la terre, une lueur persistante qui éclaire les ombres mouvantes du monde. Le potier ne cherche ni reconnaissance, ni éclat ; il façonne pour partager, pour offrir, tel un gardien muet des vérités ancestrales. Les lumières du Fujian deviennent complices de ce geste, caressant doucement ses œuvres comme une promesse faite aux générations à venir. Dans chaque poterie, il grave la tendresse du quotidien, cette magie discrète qui, dans sa simplicité, atteint le sublime.

En contemplant ses créations, je perçois son rêve de transmission, une flamme fragile mais indomptable qui résiste à l'oubli. Ses gestes, imprégnés de cette patience infinie, transcendent les époques, parlant directement aux âmes ouvertes à les écouter. Ce n'est pas seulement la beauté de l'objet qui importe, mais la lumière qui l'a façonné, la lumière qui danse autour des montagnes du Fujian, et qui murmure à qui sait entendre que l'amour est le véritable ferment de toute création humaine. Sur le chemin du retour, Zhao Lihong, en marchant à mes côtés, me souffle doucement : « *Un jour, chaque objet trouve son gardien. Les rêves des créateurs continuent de vivre tant que quelqu'un est là pour les rêver à nouveau.* »

Quitter le Fujian

Quitter le Fujian, c'est se détacher lentement d'une étreinte douce et ancienne, comme un rêve que l'on doit abandonner avant même de l'avoir achevé. Les montagnes enveloppées de brume semblaient me retenir, chacune de leurs pentes émeraude chuchotant une promesse de retour. La pluie, fidèle compagne, tombait en une mélodie mélancolique, caressant chaque feuille, chaque pierre, comme pour graver à jamais ces paysages dans ma mémoire. Je ressentais une douleur sourde à l'idée de m'éloigner de ce lieu où chaque souffle d'air m'avait semblé être un fragment d'éternité.

Alors que nous empruntons la route sinueuse qui nous ramène vers l'aéroport de la ville, mes compagnons invisibles me suivent en silence. Lao Tseu et Li Bai, mes complices, se dressent encore, ancrés entre les pages, refusant de me laisser partir sans leurs murmures. Lao Tseu, assis sur un nuage de brume, semble me rappeler, avec ce calme éternel : « *La voie véritable ne se perd jamais, même si l'on s'éloigne.* »

Ces mots viennent briser les digues de mon cœur, et soudain les larmes jaillissent, pareilles à un orage de douleur qui, trop longtemps, s'était contenu. C'est comme si la terre elle-même, ce matin, pleurait à ma place — le ciel s'ouvre et laisse tomber ses gouttes argentées, chaque perle d'eau semblant refléter une part de mon chagrin. La philosophie, je la ressens ici, dans le murmure des montagnes, dans le mouvement incessant des rivières, et m'en éloigner m'apparaît comme une trahison silencieuse, une rupture douloureuse avec cette vérité ancienne qui m'avait enlacée dans les brumes du Fujian.

À l'aéroport, je me surprends à hésiter. Pourquoi rentrer, me demande Li Bai, pourquoi regagner ce monde à feu et à sang, ce monde qui a perdu le goût du rêve et de la beauté ? Lao Tseu, toujours pragmatique, sourit dans les pages de mon carnet : « *Peut-être que les cendres portent encore une flamme, peut-être faut-il partir des poussières pour rallumer l'éclat perdu.* » Le doute m'envahit. Les mots se succèdent sans jamais me convaincre.

Je ressens une colère sourde, une rage dirigée contre cette incapacité à préserver les lieux de paix. En fermant les yeux, je revois la lumière douce du Fujian, les doigts du potier dans la terre, ce geste patient qui porte en lui tout l'amour possible.

Peut-être est-ce là ma mission — réanimer l'amour à partir des débris, rallumer la beauté à partir des fragments d'argile oubliés. En silence, mes deux comparses semblent se consulter, leurs figures éthérées se penchant au-dessus des pages. Li Bai, un sourire énigmatique sur les lèvres, pose sa question : « La création est-elle possible ailleurs qu'ici ? Est-ce la terre ou l'esprit qui forge la beauté ? » Lao Tseu ne répond pas, il se contente de dessiner un cercle sur une page vierge, puis de s'évanouir dans un rire léger. Et moi, je reste là, en suspens, face au chaos, le carnet ouvert entre les mains. Peut-être est-ce la beauté éphémère que je dois amener au cœur du tumulte. Peut-être faut-il que l'esprit du Fujian infuse la poussière de France.

Un signe du destin

De retour à Paris, le tumulte de la ville m'enserre, une étreinte oppressante, presque suffocante. Le chagrin s'accroche à chaque façade grise, chaque rue pavée ; je ressens cette tristesse à fleur de peau, exacerbée par l'indifférence urbaine. Les passants pressés ne me voient pas, et je me sens étrangère parmi eux, une silhouette solitaire, traversant la ville comme un fantôme qui n'a pas trouvé le repos. La lourdeur de la ville me pèse, chaque bruit, chaque klaxon semble être une agression à mes souvenirs du Fujian, comme une dissonance douloureuse face à la mélodie douce et apaisante des montagnes et des rivières.

Puis un matin, au milieu de cette tristesse presque résignée, un éclat de lumière surgit. Une lettre. Quelques mots sobres et pourtant d'une importance infinie : « Mr. le potier du Fujian vous a envoyé la poterie que vous avez façonnée ensemble. » Ce n'était donc pas un rêve, cette rencontre avait bien eu lieu. Je me précipite à la poste avec l'espoir fébrile de toucher, de sentir cet objet fragile, incarnation tangible de l'amour et de la beauté rencontrés là-bas. C'est une poterie d'une simplicité bouleversante — haute de cinq centimètres, large de dix. Une forme modeste, un noir profond comme la nuit qui enveloppe les collines du Fujian, mais constellée de paillettes d'or, comme les reflets du soleil sur la rivière au crépuscule, ou encore les rêves tissés dans la brume du matin. Ce petit objet est plus qu'un simple récipient de terre cuite ; c'est un fragment de ce monde, un éclat de lumière du Fujian qui aurait traversé la mer et le temps pour m'atteindre ici, à Paris, et je suis prête à l'accueillir, à le protéger comme un trésor précieux.

Mais en arrivant, tout ce qui m'attend, c'est un mot de la poste, un message froid, impersonnel : « Finalement, nous avons perdu l'objet qui vous était destiné. » En un instant, tout semble s'effondrer à nouveau. Le petit espoir qui était né, l'idée que j'avais réussi à ériger un pont entre deux mondes, s'écroule brutalement. Je reste là, face à ce papier insignifiant, et pourtant chargé de tant de déception. Cette perte me semble immense, disproportionnée — comme si toute la beauté, tout le lien créé avec le potier s'étaient envolés, évanouis par un malentendu cruel, emportés comme une fragile poterie brisée sur les pierres du réel.

C'est alors que Lao Tseu, niché dans ma poche, semble s'éveiller de son sommeil tranquille. Il me murmure, sa voix douce et rassurante : *« Tu sais bien que ce n'est qu'un objet. Ce ne sont jamais les formes matérielles qui comptent, mais la connexion, la beauté, la persistance de l'amour dans chaque geste, chaque rêve esquissé dans la terre — cela, rien ne peut le perdre. »*

Je sais qu'il a raison. Ces mots, simples et profonds, me rappellent la véritable nature de cette expérience. Ce que j'ai rapporté du Fujian n'est pas une simple poterie, aussi belle soit-elle, mais quelque chose de plus intangible, de plus précieux. L'amour, la patience du potier, sa façon de toucher la terre comme un écho d'éternité, ce lien tissé dans la brume du Fujian. Ces choses-là ne se perdent pas dans les méandres de la logistique humaine. Le Fujian est toujours là, quelque part, vivant en moi, son esprit infusant chaque instant de mon quotidien, même au milieu des rues bruyantes de Paris.

Quelques jours plus tard, alors que je m'étais presque résignée à accepter cette perte, un autre message inattendu m'arrive, une nouvelle infime mais qui rallume en moi une lueur d'espoir. « L'objet qui vous était destiné est retourné à son expéditeur. Il vous attend en Chine. » Ces mots m'apparaissent comme une énigme du destin, une sorte de boucle qui se referme sur elle-même, ramenant la poterie à l'endroit même où elle a vu le jour. Cette poterie qui, comme un être vivant, avait tenté un voyage, avait connu des détours, et finalement décidé de retourner au lieu de sa création.

Il y a une beauté étrange et poignante dans cette idée : la poterie n'est pas perdue, elle est simplement retournée à sa source. Comme un écho qui revient à son point d'origine, elle m'attend là-bas, dans ces montagnes brumeuses, sur cette terre que mes pas avaient foulée et que mon esprit continue de hanter. Elle m'attend, noire et profonde, avec ses éclats d'or qui captent la lumière du Fujian, comme si cette terre, vivante et mystérieuse, voulait me rappeler qu'il existe toujours un chemin de retour. Je l'imagine, posée sur une étagère, entre les mains du potier qui, peut-être, a souri en la voyant revenir. Peut-être l'a-t-il regardée avec tendresse, sachant qu'elle n'avait fait que suivre son propre chemin, qu'elle était destinée à revenir avant de poursuivre son voyage.

Le Fujian m'appelle à nouveau. Il y a là-bas, dans l'atelier de ce potier, un fragment de cette expérience partagée qui m'attend patiemment, comme si le temps n'avait plus de prise sur lui. Il me semble entendre la voix de Lao Tseu, rieuse : « *Toute chose retourne à sa source. N'est-ce pas là la voie naturelle des choses ?* » Et je sens monter en moi une volonté irrépressible de repartir, de retrouver cet objet, mais aussi ce qui m'a été offert là-bas — l'essence même de la création, le reflet d'un rêve partagé dans la matière. Peut-être que mon voyage n'est pas terminé… Sans doute ne fait-il que commencer…

图书在版编目（CIP）数据

福建陶艺师：汉文、法文/（法）索尼娅·布雷斯勒著；付众译. -- 福州：福建人民出版社，2025. 3.

ISBN 978-7-211-09827-9

Ⅰ. I565.65

中国国家版本馆CIP数据核字第2025CL3142号

福建陶艺师

FUJIAN TAOYISHI

作　　者：索尼娅·布雷斯勒
译　　者：付　众
责任编辑：孙　颖
助理编辑：林冰慧
美术编辑：陈培亮
责任校对：陈　璟
出版发行：福建人民出版社　　电　　话：0591-87604366（发行部）
网　　址：http://www.fjpph.com　　电子邮箱：fjpph7211@126.com
地　　址：福州市东水路76号　　邮　　编：350001
经　　销：福建新华发行（集团）有限责任公司
印　　刷：福州德安彩色印刷有限公司
地　　址：福州市金山工业区浦上B区42幢
开　　本：787毫米×1092毫米　1/32
印　　张：3.875
字　　数：52千字
版　　次：2025年3月第1版
印　　次：2025年3月第1次印刷
书　　号：ISBN 978-7-211-09827-9
定　　价：58.00元

本书如有印装质量问题，影响阅读，请直接向承印厂调换。

ISBN 978-7-211-09827-9

9 787211 098279 >

定价：58.00 元